FABLES
NOUVELLES,
SUIVIES DU POËME
DE PIRAME ET TYSBÉ.

FABLES
NOUVELLES,
SUIVIES DU POËME
DE
PYRAME ET TYSBÉ,

Tiré du 4e. Livre des Métamorphoses d'Ovide;

ET AUTRES PIÈCES FUGITIVES.

Par le Sieur Nivet Desbrieres, Gradué en l'Université d'Orléans, & Professeur des Langues modernes.

La Fable offre à nos yeux mille agrémens divers.
Boileau, *Art. Poët.*

A LONDRES
Et se trouve à PARIS,
Chez J. F. Bastien, Libraire, rue du Petit-Lyon, Fauxbourg Saint-Germain.

M. DCC. LXXVII.

A MADAME
PLAYDELL.

*M*ADAME,

    Votre goût pour la ſaine Poëſie &
la Littérature en général , m'a enga-
gé à recueillir quelques Fables de la

Fontaine, que je prends la liberté de vous préſenter. J'y ai ajoûté un foible eſſai de ma compoſition, qui ſervira à vous faire ſentir d'autant mieux les beautés de l'original. Tout le monde convient qu'il eſt inimitable; ainſi, MADAME, vous ne ſerez pas ſurpriſe de trouver mon ouvrage ſi inférieur au ſien pour la diction & le naturel. Quant à la morale, elle eſt la même, & c'eſt le principal but de l'Apologue. J'y parle ainſi que lui contre la molleſſe, l'injuſtice, l'amour-propre & autres paſſions qui dominent en ce ſiécle; j'y recommande également l'œconomie, l'indulgence, l'humanité, la gratitude & autres qualités qui entretiennent l'harmonie parmi les hommes, & fans lesquelles la Société feroit malheureusement anéantie. Vous ne fauriez manquer de vous intéresser à ce qui la concerne, vous, MADAME, qui contribuez tant à ses charmes & à son bonheur; vous que d'un côté, la naissance, les sentimens, les lumieres & tous les avantages personnels font distinguer dans les cercles brillans, tandis que de l'autre un excellent naturel & une sensibilité peu commune vous abaissent si souvent jusqu'à vos inférieurs pour leur tendre une main bienfaisante. Je supprime, MADAME, tout ce que je pourrois ajoûter à ce sujet pour vous dire combien je serois flatté si mon petit Recueil, tel qu'il est, pouvoit contribuer à votre amusement & à vos progrès dans une Langue qui fait vos délices, & si vous vouliez bien l'accepter comme un gage de la parfaite reconnoiſſance & du très-profond reſpect avec lesquels j'ai l'honneur d'être,

MADAME,

Votre très-humble & très-obéiſſant Serviteur

Nivet Desbriere.

Londres, ce 16 Décembre 1776.

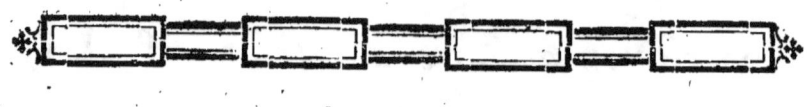

PRÉFACE.

P LUSIEURS Romanciers modernes, prévenus en faveur de leurs ouvrages, n'ont pas craint d'avancer que le Roman l'emporte sur l'Histoire même; ne pourrois-je pas aussi prétendre que l'Apologue est préférable à l'un & l'autre; mais sans considérer ici le mérite de l'Histoire, cette fidelle interpréte du passé, j'ose affirmer que l'Apologue, avec sa naïveté simple, est autant supérieur à tout écrit Romanesque, que la pure vérité triomphe du mensonge le mieux coloré. Si la Fontaine ne nous eut laissé que des Contes ou des Romans, la Postérité, en admirant

son génie, regretteroit qu'un homme
si éclairé eut péché par les mœurs ;
peut-être même de nouvelles produc-
tions plus obscènes & ingénieuses fe-
roient-elles perdre le souvenir des sien-
nes, ou obtiendroient au moins la pré-
férence sur elles ; mais ses Fables sont
autant de sages leçons où chacun peut
s'instruire. C'est par elles qu'il s'est ac-
quis la supériorité sur tout Écrivain en
ce genre, & qu'il s'est frayé un chemin
à l'immortalité.

C'est le seul ouvrage de cet Auteur
que j'aye lu, & comme il réunit l'utile
& l'agréable, mon but est de le faire
goûter aux jeunes gens pour qui toute
autre composition en vers pourroit être
difficile, insipide ou dangereuse.

Au reste, en comparant la riche mois-
son que la Fontaine a recueillie dans les

Fables d'Éfope, avec cette legere brochure que je donne au Public, je ne faurois mieux prévenir toute critique à ce
fujet, qu'en prenant pour moi ces deux
vers qu'une finguliere modeftie lui fit
compofer pour lui-même, au commencement d'une fable que l'on regardera
toujours comme un chef-d'œuvre.

Mais ce champ ne fe peut tellement moiffonner,
Que les derniers venus n'y trouvent à glaner.

Je les propofe également à ceux à
qui il ne manque que l'activité pour
exercer leurs talens dans une matiere
auffi fertile.

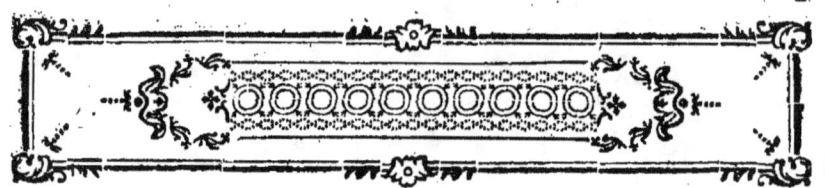

FABLES
NOUVELLES.

FABLE PREMIÈRE.

La Cigale & la Fourmi.

LA Cigale ayant chanté
Tout l'Été,
Se trouva fort dépourvue
Quand la bise fut venue.
Pas un seul petit morceau
De mouche ou de vermisseau.
Elle alla crier famine
Chez la Fourmi sa voisine ;
La priant de lui prêter
Quelques grains pour subsister

A

Jufqu'à la faifon nouvelle.
Je vous pairai, lui dit-elle,
Avant l'Août, foi d'animal,
Intérêt & principal.
La Fourmi n'eft pas prêteufe ;
C'eft-là fon moindre défaut.
Que faifiez-vous au temps chaud?
Dit-elle à cette emprunteufe.
Nuit & jour à tout venant
Je chantois, ne vous déplaife.
Vous chantiez? j'en fuis fort aife ;
Et bien, danfez maintenant.

La Fontaine.

La Cigale & la Fourmi.

PENDANT les plus belles faifons,
La Cigale mal avifée,
Ne s'étoit toujours amufée
Qu'à des courfes & des chanfons.
L'Hyver nous ramenant la bife,
La neige, ainfi que les glaçons,
Elle reconnut fa fottife ;

Et faute de provision,
Mourante d'inanition,
   Elle alla crier misere,
   Chez la Fourmi sa commere,
Qui ne demeuroit pas bien loin ;
Et l'appercevant dans un coin ;
Hélas ! lui dit-elle, ma chere,
Je suis dans le plus grand besoin ;
Si vous nagez dans l'abondance,
De grace, ayez la complaisance
De me prêter un peu de grain ;
Je fais serment de vous le rendre
Avec usure, à l'Août prochain.
La Fourmi n'a pas le cœur tendre,
Et ne peut voir les pauvres gens ,
Sans devenir impérieuse.
   A quoi passiez-vous votre temps
   Quand je m'occupois dans les champs ?
Demanda-t-elle à l'Emprunteuse :
Nuit & jour, répond l'autre, alerte & fort joyeuse,
Je ne faisois alors que courir & chanter,
   Sans appréhender la famine.
Que courir & chanter ! repartit la voisine,
   Et vous osez vous en vanter ?

Allez, importune vermine,
Allez vous-en d'ici, je n'ai rien à prêter.

❦

Combien de gens, dans l'infirme vieilleſſe,
Ont eſſuyé la même dureté,
Pour avoir paſſé leur jeuneſſe
Dans une lâche oiſiveté?
Il faut ſonger au néceſſaire,
Gagner des fonds, ſe bien vêtir;
Enſuite, on peut ſe divertir,
Si l'on n'a rien de mieux à faire.

FABLE SECONDE.

La Belette & le Rat.

DAMOISELLE Belette au corps long & fluet,
Entra dans un grenier par un trou fort étroit;
    Elle sortoit de maladie.
    Là, vivant à discrétion,
    La galante fit chere lie,
    Mangea, rongea, Dieu sait la vie,
Et le lard qui périt en cette occasion.
    La voilà, pour conclusion,
    Grasse, maflue & rebondie.
Au bout de la semaine, ayant dîné son sou,
Elle entend quelque bruit, veut sortir par le trou;
Ne peut plus repasser, & croit s'être méprise.
    Après avoir fait quelques tours,
C'est, dit-elle, l'endroit; me voilà bien surprise:
J'ai passé par ici depuis cinq ou six jours.
    Un Rat qui la voyoit en peine,
Lui dit: vous aviez lors la panse un peu moins pleine;
Vous êtes maigre entrée, il faut maigre sortir.
Ce que je vous dis là, l'on le dit à bien d'autres.

Mais ne confondons pas, par trop approfondir,
    Leurs affaires avec les vôtres.

La Fontaine.

✹⚜✹

La Belette & le Renard.

    UNe Belette
    Un peu maigrette,
    S'étoit, par un trou fort petit,
Glissée en un grenier où regnoit l'abondance ;
Après avoir fait là plusieurs jours la bombance,
    Et satisfait son appétit,
    On peut bien croire
    Qu'elle eut besoin d'aller dehors,
    Afin de boire ;
Comme elle faisoit donc d'inutiles efforts,
Pour pouvoir repasser par la même ouverture ;
    Madame, lui dit un Renard
    Qui l'apperçut par avanture,
    Vous me paroissez grasse à lard.
En ce grenier quand vous êtes entrée,
Vous n'étiez pas, je crois, si bien fourrée,
    Ou, pour m'expliquer clairement,

Vous aviez la panfe moins pleine ;
Eh bien, jeûnez préfentement
Tout le refte de la femaine,
Et maigre comme auparavant,
Vous pourrez en fortir fans peine.

On donne fouvent des avis
Qui ne fauroient être fuivis.
Si c'eft votre plaifir, prêchez la patience ;
Mais un peu de fecours vaudroit bien mieux, je
penfe.

FABLE TROISIÈME.

L'Enfant & le Maître d'École.

DANS ce récit, je prétens faire voir
D'un certain sot la remontrance vaine.
Un jeune Enfant dans l'eau se laissa cheoir,
En badinant sur les bords de la Seine :
Le Ciel permit qu'un saule se trouva
Dont le branchage, après Dieu, le sauva.
S'étant pris, dis-je, aux branches de ce saule,
Par cet endroit passe un Maître d'École ;
L'Enfant lui crie : au secours, je péris.
Le Magister se tournant à ces cris,
D'un ton fort grave, à contre-temps, s'avise
De le tancer. Ah le petit babouin !
Voyez, dit-il, où la mis sa sottise !
Et puis, prenez de tels frippons le soin.
Que les parens sont malheureux, qu'il faille
Toujours veiller à semblable canaille !
Qu'ils ont de maux ! & que je plains leur sort !
Ayant tout dit, il mit l'Enfant à bord.
Je blâme ici plus de gens qu'on ne pense.

Tout Babillard, tout Censeur, tout Pédant
Se peut connoître au discours que j'avance:
Chacun des trois fait un Peuple fort grand,
Le Créateur en a béni l'engeance.
En toute affaire ils ne font que songer
  Au moyen d'exercer leur langue.
Eh! mon ami, tire-moi du danger,
  Tu feras après ta harangue.

La Fontaine.

Le Blessé & son Ami.

CERTAIN Cavalier d'importance,
Quoique civil & fort humain,
Pour se venger d'une insolence,
Mit un jour l'épée à la main.
Il se battit avec courage;
Mais son rival eut l'avantage
De parer tous ses coups, de lui percer le flanc:
Et comme il nageoit dans son sang,
Accourut à son assistance
Un Ami qui, par complaisance,
Voulut être présent au funeste combat;

Et le voyant en cet état,
Voilà, dit-il, avec impatience ;
Voilà l'effet du point d'honneur !
On veut montrer qu'on a du cœur,
On ne veut pas pardonner une offenſe ;
Et le deſir de la vengeance
Cauſe toujours quelque malheur.
Mon Dieu, que je hais les querelles !
Ne peut-on reſter en repos ?
Et faut-il, pour de vains propos,
Ou pour ſemblables bagatelles,
Faut-il ainſi ſe battre en fous ?
Ne ſeroit-il pas bien plus doux
De vivre en bonne intelligence,
Dans la paix & dans l'innocence,
Sans reſſentiment, ſans courroux ?
Que les Hommes ſont imbécilles
De prodiguer leurs plus précieux jours !
Au lieu d'en prolonger le cours,
En vivant d'accord & tranquilles,
En ſe prêtant de mutuels ſecours.
Je n'avois qu'un Ami ſincere ;
Et pour un petit différent,
Je le vois étendu par terre ;

Hélas! je le vois expirant.
En effet, il étoit mourant,
Et prêt à fermer la paupiere :
Ami, dit-il, en gémissant,
Donnez-moi le plus prompt reméde;
Dépêchez-vous, je n'en puis plus.

Quand on a besoin de notre aide,
Tous les discours sont superflus.

FABLE QUATRIÈME.

Le Coq & la Pierre précieuse.

UN jour un Coq détourna
Une Perle qu'il donna
Au beau premier Lapidaire.
Je la crois fine, dit-il,
Mais le moindre grain de mil
Seroit bien mieux mon affaire.
Un ignorant hérita
D'un manuscrit qu'il porta
Chez son voisin le Libraire.
Je crois, dit-il, qu'il est bon ;
Mais le moindre ducaton
Seroit bien mieux mon affaire.

La Fontaine.

Le Coq & la Pierre précieuse.

UN Coq faisant l'officieux,
Pour plaire à sa chere compagne,

Trouva jadis à la campagne
Un diamant fort précieux.
Oh ! dit-il, d'un ton dédaigneux,
Que n'eſt-tu dans les mains de quelque Lapidaire.
Sans doute tu ferois aſſez bien ſon affaire :
Mais un grain d'orge, ſur ma foi,
Seroit beaucoup meilleur pour moi.

C'étoit bien dit : n'eſt-il pas raiſonnable
De préférer l'utile à l'agréable ?

FABLE CINQUIÈME.

Le petit Poiſſon & le Pêcheur.

PETIT Poiſſon deviendra grand,
Pourvu que Dieu lui prête vie ;
Mais le lâcher en attendant,
Je tiens, pour moi, que c'eſt folie :
Car de le ratraper il n'eſt pas trop certain.
Un Carpeau, qui n'étoit encore que fretin,
Fut pris par un Pêcheur au bord d'une riviere.
Tout fait nombre, dit l'homme, en voyant ſon butin,
Voilà commencement de chere & de feſtin ;
　　　Mettons-le en notre gibeciere.
Le pauvre Carpillon lui dit en ſa maniere :
Que ferez-vous de moi ? je ne ſaurois fournir
　　　Au plus qu'une demi-bouchée,
　　　Laiſſez-moi Carpe devenir,
　　　Je ferai par vous repêchée ;
Quelque gros Partiſan m'achetera bien cher ;
　　　Au lieu qu'il vous en faut chercher
　　　Peut-être encor cent de ma taille,
Pour faire un plat. Quel plat ? croyez-moi, rien qui
　　vaille.

Rien qui vaille ? Et bien foit, repartit le Pêcheur,
Poiſſon, mon bel ami, qui faites le prêcheur,
Vous irez dans la poële, & vous avez beau dire,
  Dès ce ſoir, on vous fera frire.
Un tien vaut, ce dit-on, mieux que deux tu l'auras :
  L'un eſt ſur, l'autre ne l'eſt pas.

La Fontaine.

Le Dénicheur d'Oiſeaux.

COLIN allant pour dénicher
Un beau nid de Perdreaux ; la mere
  Le voyant approcher,
  Lui fit cette priere,
  Afin de le toucher.
  De grace, notre Maître,
  Laiſſez-moi mes enfans,
  Ils ne font que de naître ;
  Quand ils ſeront plus grands,
  Vous reviendrez les prendre.
  Hélas ! daignez attendre
  Encore quelque temps.
  Dès qu'ils m'auroient perdue,
  Vous le verriez mourir :

Je puis bien les nourrir,
Tant qu'ils font fous ma vue.
Madame, dit Colin,
Avec un ris malin,
Vous traitez cette affaire
Comme une tendre mere ;
Mais de vos petits j'ai befoin.
Si leur enfance vous eft chere,
Venez chez moi, ce n'eft pas loin :
Venez auffi bien que leur pere,
Et là vous en prendrez le foin.
Que je vous laiffe ici tranquille,
Avec toute votre famille,
Quand il vous plairoit d'en partir,
Qu'eft-ce qui viendroit m'avertir?
Colin, fans dire d'avantage,
Les enferme alors dans la cage,
Et comme de raifon,
Les porte à fa maifon.

❦

La moindre attente
Fait perdre la poffeffion.
Profitez de l'occafion
Qui fe préfente.

FABLE

FABLE SIXIÈME.

Le Chien qui lâche sa proie.

CHACUN se trompe ici bas:
On voit courir après l'ombre
Tant de fous qu'on n'en sait pas
La plûpart du temps le nombre.
Au Chien dont parle Ésope il faut les renvoyer.
Ce Chien voyant sa proie en l'eau représentée,
La quitta pour l'image, & pensa se noyer;
La riviere devint tout d'un coup agitée,
A toute peine il regagna les bords;
Et n'eut ni l'ombre ni le corps.

La Fontaine.

Les deux Chiens.

PASSANT près d'une Boucherie,
Maître Sultan las de jeûner,
Prit un morceau de chair qui lui faisoit envie;
Et comme il s'apprêtoit à faire un bon dîner,
Mondor pressé de faim égale,
L'appercevant à l'imprévu;
Sultan, lui cria-t-il, as-tu donc la fringale?

B

Pour un dîner, ma foi, te voilà bien pourvu.

Est-ce ainsi que l'on te régale ?

Si les gens que tu sers ne peuvent te nourrir,

Autant vaudroit courir la rue.

Pour moi j'aimerois mieux mourir

Que de manger de la chair crue.

Mon Palais est plus délicat.

Je viens en notre hôtel de goûter un bon plat,

Et de bon cœur, ami, je t'en offre le reste :

Crois-moi, sans te farcir de ce mets indigeste,

Tu trouveras chez nous un rôti de mouton.

Le crédule animal y courut plein de joie ;

Mais pour mortifier son appétit glouton,

Il fut fort rudement accueilli du bâton,

Et de retour chez lui, ne trouva plus sa proie.

ᐳᐸᐳᐸᐳᐸ

L'Anglois, en ses chansons,

A fait revivre cet adage ;

Un oiseau dans la cage

Vaut mieux que trois dans les buissons.

Lecteurs, d'après l'expérience,

J'y joins cette vieille sentence :

Ce que l'on tient il faut bien le tenir,

Sans faire fonds sur l'avenir,

Sans se flatter d'une vaine espérance.

FABLE SEPTIÈME.

Le Chat & un vieux Rat.

J'Ai lu chez un conteur de Fables,
Qu'un fecond Rodilard, l'Alexandre des Chats,
  L'Attila, le fléau des Rats,
  Rendoit ces derniers miférables.
  J'ai lu, dis-je, en certain Auteur,
  Que ce Chat exterminateur,
Vrai Cerbère, étoit craint une lieue à la ronde :
Il vouloit de Souris dépeupler tout le monde.
Les planches qu'on fufpend fur un léger appui,
  La mort aux Rats, les fouricieres
  N'étoient que jeux au prix de lui.
  Comme il voit que dans leurs tanieres
  Les Souris étoient prifonnieres,
Qu'elles n'ofoient fortir, qu'il avoit beau chercher,
Le galant fait le mort ; & du haut d'un plancher
Se pend la tête en bas. La bête fcélérate
A de certains cordons fe tenoit par la patte.
Le peuple des Souris croit que c'eft châtiment,
Qu'il a fait un larcin de rôt ou de fromage,
      B ij

Égratigné quelqu'un, caufé quelque dommage,
Enfin qu'on a pendu le mauvais garnement.

Toutes, dis-je, unanimement
Se promettent de rire à fon enterrement;
Mettent le nez à l'air, montrent un peu la tête,
        Puis rentrent dans leurs nids à Rats;
        Puis reffortant font quatre pas;
        Puis enfin fe mettent en quête :
        Mais voici bien une autre fête.
Le pendu reffufcite, & fur fes pieds tombant,
        Attrape les plus pareffeufes.
Nous en favons plus d'un, dit-il, en les gobant;
C'eft tour de vieille guerre, & vos cavernes creuí
Ne vous fauveront pas, je vous en avertis;
        Vous viendrez toutes au logis.
Il prophétifoit vrai. Notre maître Mitis,
Pour la feconde fois les trompe & les affine,
        Blanchit fa robe, & s'enfarine,
        Et de la forte déguifé
Se niche & fe blotit dans une huche ouverte:
        Ce fut à lui bien avifé.
La Gent Trotte-menu s'en vient chercher fa perte.
Un Rat, fans plus, s'abftient d'aller flairer autour.
C'étoit un vieux routier, il favoit plus d'un tour,

Même il avoit perdu fa queue à la bataille.
Ce bloc enfariné ne me dit rien qui vaille,
S'écria-t-il de loin au Général des Chats.
Je foupçonne deffous encor quelque machine;
     Rien ne te fert d'être farine;
Car quand tu ferois fac je n'approcherois pas.
C'étoit bien dit à lui; j'approuve fa prudence,
     Il étoit expérimenté,
     Et favoit que la méfiance
     Eft mere de la fûreté.

La Fontaine.

Le Chat & la Souris.

UN fin matois que l'on nomme Grisgris,
Appercevant une jeune Souris
    Qui dans fon trou fe tenoit renfoncée,
    Et fe flattant qu'il l'auroit amorcée,
     Lui dit d'un ton fort doucereux;
     Venez ici, ma bonne amie,
     Nous nous amuferons tous deux.
     On eût hier la compagnie;
     La table étoit très-bien garnie;
     Les reftes font délicieux.

Tandis que la famille eft encore endormie,
Nous nous empâterons & nous moquerons d'eux;
    C'eft là le plaifir de la vie.
Votre repas, dit-elle, eft peut-être fort bon;
    Mais il ne me fait point envie.
J'ai dans mon petit trou tant foit peu de jambon,
    Et la frugalité m'eft chere.
    Si je faifois trop bonne chere,
    Cela pourroit m'incommoder;
    D'ailleurs j'apperçois la lumiere,
    Et n'ofe pas me hazarder.
    Allez chercher quelque commere
    Pour la régaler avec vous;
    J'aime mieux vivre en folitaire,
    Et felon moi, c'eft fur la terre,
    C'eft là le plaifir le plus doux.
Eh bien, vivez ainfi, dit le Chat en courroux;
    Vous faites à préfent la fiere;
Mais peut-être qu'un jour vous viendrez avec nous.

    Méfiez-vous bien des carreffes
    De l'ennemi le plus flatteur:
    Plus il vous fera de promeffes,
    Plus vous verrez qu'il eft trompeur.

FABLE HUITIÈME.

Le Renard, le Singe & les Animaux.

LEs Animaux, au décès d'un Lion,
En son vivant, Prince de la contrée,
Pour faire un Roi s'assemblerent, dit-on.
De son étui la Couronne est tirée.
Dans une chartre un Dragon la gardoit.
Il se trouva que sur tous essayée,
A pas un d'eux elle ne convenoit.
Plusieurs avoient la tête trop menue,
Aucuns trop grosse, aucuns même cornue.
Le Singe aussi fit l'épreuve en riant.
Et par plaisir la thyare essayant,
Il fit autour force grimaceries,
Tours de souplesse, & mille singeries;
Passe dedans ainsi qu'en un cerceau.
Aux animaux cela sembla si beau,
Qu'il fut élû, chacun lui fit hommage.
Le Renard seul regretta son suffrage
Sans toutefois montrer son sentiment.
Quand il eut fait son petit compliment,

B iv

Il dit au Roi. Je fai, Sire, une cache,
Et ne crois pas qu'autre que moi la fache.
Or tout tréfor, par droit de Royauté
Appartient, Sire, à votre Majefté.
Le nouveau Roi bâille après la Finance,
Lui-même y court pour n'être pas trompé:
C'étoit un piége, il y fut attrapé.
Le Renard dit au nom de l'affiftance:
Prétendrois-tu nous gouverner encor,
Ne fachant pas te conduire toi-même?
Il fut démis: & l'on tomba d'accord,
Qu'à peu de gens convient le Diadême.

La Fontaine.

Le Singe-Roi.

LEs Animaux voulant s'affervir à la Loi,
S'affemblerent, un jour, pour fe choifir un Roi
　　Que l'on crut, par fon favoir faire,
Capable de régir toute la Nation.
　　Après mainte prétention,
Le Singe, par fes tours & fa mine étrangere,
　　Eut fi fort le talent de plaire,
　　Que chacun lui donna fa voix.

Auffi-tôt qu'on eût fait ce choix,
Le Renard tourmenté d'envie
De voir qu'à l'avenir, fon rival rempliroit
Cet honorable pofte où lui-même afpiroit,
Dit tout bas, mort foit de ma vie !
Je vais te jouer un bon tour,
Pour te fouffler le Diadême :
Et s'avifant d'un ftratagême,
(Comme pour lui faire fa cour)
Sire, dit-il, ce matin même,
Et je m'en réjouis encor,
En revenant de ma taniere,
J'ai découvert un monceau d'or
Dans le coin d'une pépiniere.
Je penfe donc que ce tréfor,
Qui vaut bien une mine entiere,
Appartient de plein droit à votre Majefté.
L'autre y court auffi-tôt, avec avidité,
Sans fe douter de l'impofture ;
Mais au lieu d'un tréfor, c'étoit un traquenard
Où le Singe fut pris. Quoi donc ! dit le Renard
Riant fous cap de l'aventure,
Quoi tu voulois fur nous regner !
Tu prétendois nous gouverner,

Et tu ne fais pas te conduire?
On fit un grand éclat de rire,
Et de tous fes Sujets le Singe ainfi berné,
Eut encor la douleur de fe voir détrôné.

D'après cela, Lecteur, je penfe
Que l'aveugle crédulité,
Ainfi que la cupidité,
Sont les fources de l'imprudence ;
Et qu'enfin, fans la méfiance,
On n'eft jamais en fûreté.

FABLE NEUVIÈME.

La Besace.

JUPITER dit un jour: Que tout ce qui respire
S'en vienne comparoître aux yeux de ma grandeur;
Si dans son composé quelqu'un trouve à redire,
  Il peut le déclarer sans peur:
  Je mettrai reméde à la chose.
Venez, Singe, parlez le premier, & pour cause,
Voyez ces animaux: faites comparaison
  De leurs beautés avec les vôtres.
Êtes-vous satisfait? Moi, dit-il, pourquoi non?
N'ai-je pas quatre pieds aussi-bien que les autres?
Mon portrait jusqu'ici ne ma rien reproché.
Mais pour mon frere l'Ours on ne l'a qu'ébauché;
Jamais, s'il me veut croire, il ne se fera peindre.
L'Ours venant là-dessus, on crut qu'il s'alloit plain-
  dre.
Tant s'en faut, de sa forme il se loua très-fort,
Glosa sur l'Éléphant, dit qu'on pourroit encor
Ajoûter à sa queue, ôter à ses oreilles:
Que c'étoit une masse informe & sans beauté.

L'Éléphant étant écouté,
Tout fage qu'il étoit, dit des chofes pareilles.
Il jugea qu'à fon appétit,
Dame Baleine étoit trop groffe.
Dame Fourmi trouva le Ciron trop petit,
Se croyant pour elle un coloffe.
Jupin les renvoya s'étant cenfurés tous :
Du refte contens d'eux ; mais parmi les plus fous
Notre efpèce excella ; car tous ce que nous fommes,
Lynx envers nos pareils, & Taupes envers nous,
Nous nous pardonnons tout, & rien aux autres
        hommes.
On fe voit d'un autre œil qu'on ne voit fon prochain ;
        Le Fabricateur Souverain
Nous créa Befaciers tout de même maniere,
Tant ceux du temps paffé que du temps d'aujour-
        d'hui.
Il fit pour nos défauts la poche de derriere,
Et celle de devant pour les défauts d'autrui.

                            La Fontaine.

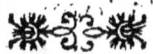

Le Singe & fon portrait.

LE Singe un jour voyant dans un tableau
De l'homme une parfaite image,

Voilà, dit-il, un fort joli visage,
    Mais le mien est beaucoup plus beau.
Je dois sans doute avoir mille attraits en partage;
    Je suis un objet curieux;
    Puisqu'en Ville comme au Village
Chacun avidement sur moi fixe les yeux.
    Ajoûtons l'art à la Nature,
    Empruntons un éclat nouveau.
A peine eut-il parlé que prenant le pinceau,
Un jeune Chat se mit à tracer sa figure.
Le portrait par Grisgris habilement tiré,
De tous les Connoisseurs fut sans doute admiré,
    Pour un chef-d'œuvre de peinture,
    Et même en public fut montré:
    Chacun du peintre exaltant le génie,
    Comme le Singe étoit bouffi d'orgueil;
Tu crois, lui dit alors un petit Écureuil,
    Tu crois dans notre Compagnie
    En beauté n'avoir pas d'égal;
Mais tu seras toujours le plus laid animal;
    Plus on admire ta copie,
    Plus on rit de l'original.

∞∞◯∞∞

Pour la fatuité, dans le siécle où nous sommes,
Au Singe l'on pourroit comparer bien des hommes,

FABLE DIXIÈME.

La Grenouille & le Bœuf.

UNE Grenouille vit un Bœuf
Qui lui fembla de belle taille.
Elle qui n'étoit pas groffe en tout comme un œuf,
Envieufe, s'étend, & s'enfle & fe travaille,
　　Pour égaler l'animal en groffeur,
　　　Difant: regardez-bien, ma fœur;
Eft-ce affez? dites-moi, n'y fuis-je pas encore?
Nenni. M'y voici donc? point du tout. M'y voilà?
Vous n'en approchez pas. La chétive pécore
　　　S'enfla fi bien qu'elle créva.
Le Monde eft plein de gens qui ne font pas plus
　　　fages;
Tout Bourgeois veut bâtir comme les grands Sei-
　　　gneurs:
　Tout petit Prince a des Ambaffadeurs;
　　Tout Marquis veut avoir des Pages.
　　　　　　　　　　La Fontaine.

L'Épagneul & le Mâtin.

UN certain Mardi-gras, au milieu d'un feſtin,
Un petit Épagneul remarquoit un Mâtin
Qui profitoit du temps, & faiſoit grande chere,
En croquant tous les os, comme à ſon ordinaire :
    Envieux de ſon appétit,
  Et plus encor de ſa belle ſtature ;
  Pourquoi, dit-il, ſuis-je donc ſi petit ?
    Ce favori de la Nature
Devient de jour en jour plus gras, plus vigoureux ;
    Et moi qui n'ai pour nourriture
    Que des alimens doucereux,
Je ne ſuis près de lui qu'une miniature :
Mais je me plains à tort, il faut dès aujourd'hui,
    Il faut rompre toute abſtinence ;
Puiſqu'en cette maiſon tout eſt dans l'abondance,
    Je vais dévorer comme lui.
Comme il n'étoit alors obſervé de perſonne,
    Suivant ſa paſſion gloutonne,
    Il fit un ſi bon Carnaval,
Qu'il creva dans la chambre aux yeux de ſon rival.

    Que de gens ſur la terre
Vont ſe briſer au même écueil !

Jouets d'une vaine chimere,
Ainſi que de l'Épagneul.
Énorgueilli de ſa puiſſance
Un Roitelet attaque l'Empereur.
Le Marquis a l'impertinence
De s'égaler au plus riche Électeur,
Pour le train & pour la dépenſe.
Le Baron veut aller de pair
Avec un Prince, un Duc & Pair :
Le Bourgeois, l'Artiſan, des Seigneurs ſont émules,
Et cette folle ambition
Ne produit que des ridicules,
Bien ſouvent le déſordre & la deſtruction.

FABLE

FABLE ONZIÈME.

Le Geai paré des plumes du Paon.

UN Paon muoit: un Geai prit son plumage:
 Puis après se l'accommoda:
Puis, parmi d'autres Paons tout fier se panada,
 Croyant être un beau personnage.
Quelqu'un le reconnut: il se vit bafoué,
 Berné, sifflé, moqué, joué,
Et par Messieurs les Paons plumé d'étrange sorte:
Même vers ses pareils s'étant réfugié,
 Il fut par eux mis à la porte.
Il est assez de Geais à deux pieds comme lui,
Qui se parent souvent des dépouilles d'autrui,
 Et que l'on nomme Plagiaires.
Je m'en tais, & ne veux leur causer nul ennui;
 Ce ne sont pas-là mes affaires.
      La Fontaine.

Le Geai paré des plumes du Paon.

UN Geai se couvrit du plumage
D'un Paon qui venoit de muer;

      C

Et crut qu'en ce bel équipage,
Chacun alloit le saluer.
D'abord, en sa sotte manie,
Des Geais quittant la compagnie,
Parmi les Paons il alla se quarrer;
Mais on reconnut son allure:
Et dépouillé de sa fausse parure,
Il lui fallut se retirer.
Les Geais instruits de l'avanture,
Pour le punir de son orgueil,
Loin de se venger de l'injure,
Lui firent tous pareil accueil.

On fait une sotte figure
Paré des dépouilles d'autrui.
Le monde n'est plus aujourd'hui
La dupe de cette imposture.

FABLE DOUZIÈME.

La Montagne qui accouche.

UNE Montagne en mal d'enfant
Jettoit une clameur fi hautè,
Que chacun au bruit accourant,
Crut qu'elle accoucheroit, fans faute,
D'une Cité plus groffe que Paris ;
Elle accoucha d'une Souris.
Quand je fonge à cette fable,
Dont le récit eft menteur,
Et le fens eft véritable,
Je me figure un Auteur,
Qui dit : je chanterai la guerre
Que firent les Titans au Maître du Tonnerre.
C'eft promettre beaucoup ; mais qu'en fort-il fouvent ?
Du vent.

La Fontaine.

La Montagne & le Léʒard.

AUTREFOIS une Montagne
Entre la France & l'Efpagne,
C ij

Étant fur le point d'accoucher,
Jettoit des cris les plus terribles,
Des cris capables de toucher
Tous les cœurs les plus infenfibles.
Lions, Tygres & Léopards
Accoururent de toutes parts,
Penfant qu'après cette torture,
Et des efforts fi violens,
Il alloit fortir de fes flancs
Un Monftre d'énorme ftature,
Tel qu'un Python; quand par hazard,
Pour fruit d'un fi cruel martyre,
Elle n'enfanta qu'un Lézard
Qui les fit tous crever de rire.

Que de gens fe donnent le ton
D'annoncer au Public un merveilleux ouvrage!
Et qui, comme Rainaud & fon ami Ballage *
Ne produifent qu'un avorton.
Sans aller jufqu'aux Pyrenées,
Paris & Londres, fort fouvent,
Nous procurent l'amufément
De ces couches inopinées.

* Deux François qui annoncerent à Londres, il y a près de huit ans, une nouvelle Traduction du Paradis perdu, en vers François ; il n'en a encore paru qu'un Chant fi imparfait qu'on pourroit bien l'appeller un cri défagréable.

FABLE TREIZIÈME.

Le Renard & les Raisins.

CErtain Renard Gascon, d'autres disent Normand,
Mourant presque de faim, vit au haut d'une treille,
   Des raisins mûrs apparemment,
   Et couverts d'une peau vermeille.
Le galant en eut fait volontiers un repas ;
   Mais comme il n'y pouvoit atteindre,
Ils sont trop verds, dit-il, & bons pour des Goujats.
   Fit-il pas mieux que de se plaindre ?

La Fontaine.

Le Voleur.

UN Voleur bien muni de tous ses ustenciles,
Vouloit vers le minuit forcer une maison.
   Sans doute il avoit sa raison ;
Mais, après avoir fait mille efforts inutiles,
Voyant qu'avec ses clefs & son passe-partout,
   Il n'en pouvoit venir à bout,
   La nuit, dit-il, est fort obscure :
Je perds ici mon temps, & suis bien convaincu
   Que dans cette vieille masure

Je n'aurois pas trouvé la valeur d'un écu.

Il faut prendre ce parti fage,
Lorfqu'on effuie un accident.
Quand au jeu je perds mon argent,
Je fouris, quoi qu'au fond j'enrage.

Le Poëte.

UN Poëte infpiré d'une mufe ftérile,
Se flattant d'amufer & la Cour & la Ville,
　　　Avoit fottement entrepris
　　　Un ouvrage de longue haleine,
　　　Et s'en promettoit un bon prix,
　　　Pour s'indemnifer de fa peine :
　　　Mais après avoir effayé,
　　　Beaucoup fué, beaucoup rayé :
　　　Voyant fon entreprife vaine,
Comment, dit-il, j'épuife ainfi ma veine
Sans être fur d'en être bien payé !
A ces mots, de dépit il brûla fon ouvrage,
Et ne fut plus tenté d'écrire d'avantage.

　　　On a beau tout ofer,
　　　Efpérer de fa verve,
　　　On ne peut compofer
　　　En dépit de Minerve.

FABLE QUATORZIÈME.

La Geniſſe, la Chévre & la Brebis, en ſociété
avec le Lion.

LA Geniſſe, la Chévre, & leur ſœur la Brebis
Avec un fier Lion, Seigneur du voiſinage,
Firent ſociété, dit-on, au temps jadis,
Et mirent en commun le gain & le dommage.
Dans les lacs de la Chévre un Cerf ſe trouva pris.
Vers ſes aſſociés auſſi-tôt elle envoie.
Eux venus, le Lion par ſes ongles compta,
Et dit: nous ſommes quatre à partager la proie,
Puis en autant de parts le Cerf il dépeça;
Prit pour lui la premiere en qualité de Sire,
Elle doit être à moi, dit-il, & la raiſon,
     C'eſt que je m'appelle Lion.
     A cela l'on n'a rien à dire.
La ſeconde par droit me doit écheoir encor,
Ce droit, vous le ſavez, c'eſt le droit du plus fort.
Comme le plus vaillant je prétends la troiſième,
Et ſi quelqu'un de vous touche à la quatrième,

Je l'étranglerai tout d'abord.

La Fontaine.

❊❦❊

Le Lion en société avec d'autres Animaux.

LA Vache, la Brebis, la Chévre & le Lion
Se joignirent un jour pour aller à la chasse :
    (C'étoit une étrange union)
    Afin d'encourager l'audace,
Ils eurent soin de faire une convention,
    Où l'on insera cette clause :
    Que si l'on prenoit quelque chose,
Le gibier devoit être aussi-tôt partagé
Également entre eux ; l'accord bien arrangé,
    Il avint, dit-on, que la Chévre
    Prit en ses filets un gros Liévre ;
L'animal à la troupe étant communiqué,
En quatre égales parts fut bientôt disséqué ;
Mais le Lion alors plus qu'aucun autre avide,
S'adressant fiérement à la troupe timide ;
Camarades, dit-il, la premiere est à moi,
Car vous n'ignorez pas que je suis votre Roi.
Cette autre, ajoûta-t-il, d'un ton tout aussi grave,
M'appartient de plein droit, comme étant le plus
    brave.

Je faifis la troifième, & ne vous fais pas tort,
Elle m'eft auffi due, à titre du plus fort.
Et quant à la derniere, il n'y faut pas prétendre,
Sans craindre de ma part un traitement peu tendre.

Quand vous vous allierez à quelque puiffant Roi,
 Princes fans force & fans courage,
 Attendez-vous à ce partage,
Et foyez toujours furs de fa mauvaife foi.

FABLE QUINZIÈME.

Le Loup & l'Agneau.

LA raifon du plus fort eft toujours la meilleure,
    Nous l'allons montrer tout à l'heure.
    Un Agneau fe défalteroit
    Dans le courant d'une onde pure ;
Un Loup furvient à jeun qui cherchoit avanture,
    Et que la faim en ces lieux attiroit.
Qui te rend fi hardi de troubler mon breuvage ?
    Dit cet animal plein de rage,
    Tu feras châtié de ta témérité.
Sire, répond l'Agneau, que votre Majefté
    Ne fe mette pas en colere ;
    Mais plutôt qu'elle confidere
    Que je me vas défaltérant
        Dans le courant,
    Plus de vingt pas au-deffous d'elle ;
Et que par conféquent en aucune façon
    Je ne puis troubler fa boiffon.
Tu la troubles, reprit cette bête cruelle,
Et je fais que de moi tu médis l'an paffé.

Comment l'aurois-je fait si je n'étois pas né?
   Reprit l'Agneau, je tette encore ma mere.
   Si ce n'eft toi, c'eft donc ton frere:
Je n'en ai point. C'eft donc quelqu'un des tiens:
     Car vous ne m'épargnez guere,
     Vous, vos Bergers, & vos chiens:
On me l'a dit, il faut que je me venge.
     Là-deffus au fond des forêts
     Le Loup l'emporte, & puis le mange,
     Sans autre forme de procès.
               La Fontaine.

Le Loup & l'Agneau.

MEssire Loup à jeun découvrant un Agneau
Qui fe défalteroit dans un petit ruiffeau,
Y courut, & tançant la douce créature,
   Eft-ce, dit-il, en élevant la voix,
   Eft-ce, coquin, pour me faire une injure
Que tu prétends ainfi troubler l'eau que je bois!
Seigneur, répond l'Agneau, je vous croyois aux
     bois,
     Et conjure votre excellence
     De me pardonner cette offenfe.

Oh, oh! reprit le Loup, tu fais le beau parleur!
Et je te reconnois pour un petit railleur,
Cela te fied fort mal; mais, quoi! n'as-tu pas honte
Des propos que tu tins l'an paffé fur mon compte:

  Ah! Seigneur, je n'étois pas né,
  Repart l'Agneau, fort étonné,
  Et fuis bien loin d'avoir cet âge:
  C'eft être un menteur obftiné
  De me tenir pareil langage,

Repliqua fur le champ l'animal plein de rage,
Tu veux m'en impofer, & te moques de moi;

  D'ailleurs fi ce n'étoit pas toi,
  C'étoit donc ton infolent frere?

Je n'en ai point. Eh bien ou ton pere ou ta mere,
 Et puifqu'enfin ils ne m'épargnent pas,
Il faut qu'en dépit d'eux je faffe un bon repas,
Comme il le fit. ——

  Souvent une injufte puiffance
Opprime ainfi la plus pure innocence.

FABLE SEIZIÈME.

Le Lion & le Rat.

IL faut autant qu'on peut obliger tout le monde,
On a souvent besoin d'un plus petit que soi.
De cette vérité deux Fables feront foi,
  Tant la chose en preuves abonde.
  Entre les pattes d'un Lion,
Un Rat sortit de terre assez à l'étourdie.
Le Roi des animaux en cette occasion
Montra ce qu'il étoit, & lui donna la vie ;
  Ce bienfait ne fut pas perdu.
  Quelqu'un auroit-il jamais cru,
  Qu'un Lion d'un Rat eut affaire ?
Cependant il avint qu'au sortir des forêts,
  Ce Lion fut pris dans des rets
Dont ses rugissemens ne le purent défaire.
Sire Rat accourut, & fit tant par ses dents,
Qu'une maille rongée emporta tout l'ouvrage.
  Patience & longueur de temps
  Font plus que force ni rage.
                                    La Fontaine.

Le Lion & le Rat.

Comme un jour le Lion goûtoit un doux repos,
     Un Raton, plein de pétulance,
     Sans en prévoir la conféquence,
Sautoit autour de lui, lui montoit fur le dos ;
Le Lion réveillé, dans fon impatience,
     Saifit l'importun animal ;
Mais en confidérant que ce feroit fort mal
     D'en tirer aucune vengeance,
     Il lui donna la liberté.
     Le Raton tout épouvanté,
     Connut alors fon imprudence,
     Et fe retira de côté
     Plein de refpect & de reconnoiffance.
     Il avint quelque temps après
     Qu'en pourfuivant une jeune Panthere,
Le Roi des Animaux tomba dans des filets
     Que l'on avoit tendus exprès ;
     Pris comme un rat dans la ratiere,
Il s'agite, s'irrite, hériffe fa criniere,
Et de rugiffemens fait trembler les forêts ;
     Tout fuit, tout eft en épouvante,
     Chacun redoute fa fureur ;
     Mais aux cris de fon bienfaiteur,

Le Rat fenfible fe préfente,
Et pour lui prouver fon bon cœur
Il fe met bien vite à l'ouvrage,
Ronge les mailles, le dégage,
Et fe contente de l'honneur
De l'avoir tiré d'efclavage.

On voit qu'un petit ferviteur
Eft quelquefois d'un grand ufage.
Imitateurs du Lion généreux,
Princes, fachez pardonner une offenfe,
Le fang de vos fujets eft un fang précieux,
Épargnez-le par l'indulgence,
Et fongez bien que la clémence
Eft la feule vertu qui vous égale aux Dieux.

FABLE DIX-SEPTIÈME.

Le *Villageois* & le *Serpent*.

ÉSOPE conte qu'un Manant,
Charitable autant que peu fage,
Un jour d'hyver fe promenant
A l'entour de fon héritage,
Apperçut un Serpent fur la neige étendu,
Tranfi, gelé, perclus, immobile rendu,
     N'ayant pas à vivre un quart d'heure ;
Le Villageois le prend, le porte en fa demeure ;
Et fans confidérer quel fera le loyer
     D'une action de ce mérite,
     Il l'étend le long du foyer,
     Le réchauffe le reffucite.
L'animal engourdi fent à peine le chaud,
Que l'ame lui revient avecque la colere.
Il léve un peu la tête, & puis fifle auffi-tôt,
Puis fait un long repli, puis tâche à faire un faut
Contre fon bienfaiteur, fon fauveur & fon pere.
Ingrat dit le Manant, voilà donc mon falaire ?
Tu mourras. A ces mots, plein d'un jufte courroux,

Il

Il vous prend sa coignée, il vous tranche la bête;
  Il fait trois Serpens de deux coups,
  Un tronçon, la queue & la tête.
L'insecte sautillant cherche à se réunir;
  Mais il ne peut y parvenir.

  Il est bon d'être charitable:
  Mais envers qui? C'est-là le point;
  Quant aux ingrats, il n'en est point
  Qui ne meure enfin misérable.

La Fontaine.

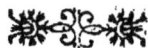

Le *Paysan* & la *Couleuvre*.

DANS un hyver fort rigoureux,
Un Villageois humain, trouvant une Couleuvre
Couverte de glaçons, crut faire une bonne œuvre
De l'emporter chez lui; l'animal venimeux
  Sentant la chaleur bienfaisante,
  Déjà commence à s'allonger,
  Tire sa langue menaçante,
Saute sur le Patron, tâche de l'égorger;
  Scélérate & maudite engeance,
  S'écria le rustre en courroux,

D

Quand tu mourois de froid, je t'apportai chez nous;
Pour t'avoir fait du bien , voilà ma récompenſe ?
     Il en prit auſſi-tôt vengeance ,
     Et la fit périr ſous ſes coups.

Ingrats , quand à l'oubli vous ajoûtez l'offenſe ,
Vous ne méritez pas un traitement plus doux.

FABLE DIX-HUITIÈME.

Le Loup & le Chien.

UN Loup n'avoit que les os & la peau,
 Tant les Chiens faisoient bonne garde.
Ce Loup rencontre un Dogue aussi puissant que beau,
Gras, poli ; qui s'étoit fourvoyé par mégarde.
  L'attaquer, le mettre en quartiers,
  Sire Loup l'eût fait volontiers.
  Mais il falloit livrer bataille,
  Et le Mâtin étoit de taille
  A se défendre hardiment.
Le Loup donc l'aborde humblement,
 Entre en propos, & lui fait compliment
  Sur son embonpoint qu'il admire :
  Il ne tiendra qu'à vous, beau Sire,
D'être aussi gras que moi, lui répartit le Chien.
  Quittez les bois, vous ferez-bien :
  Vos pareils y sont misérables,
  Cancres, haires & pauvres Diables,
Dont la condition est de mourir de faim.
Car quoi ? rien d'assuré : point de franche-lipée,
      D ij

Tout à la pointe de l'épée.

Suivez-moi, vous aurez bien un meilleur deſtin.

Le Loup reprit : que me faudra-t-il faire ?

Preſque rien, dit le Chien, donner la chaſſe aux gens

Portans bâtons, & mendians,

Flatter ceux du logis, à ſon Maître complaire ;

Moyennant quoi votre ſalaire

Sera force reliefs de toutes les façons,

Os de poulets, os de pigeons,

Sans parler de mainte careſſe.

Le Loup déjà ſe forge une félicité,

Qui le fait pleurer de tendreſſe.

Chemin faiſant il vit le col du Chien pelé.

Qu'eſt cela ? lui dit-il. Rien. Quoi rien ? Peu de

choſe.

Mais encor ? Le collier dont je ſuis attaché

De ce que vous voyez eſt peut-être la cauſe.

Attaché ? dit le Loup, vous ne courez donc pas

Où vous voulez ? Pas toujours, mais qu'importe ?

Il importe ſi bien, que de tous vos repas

Je ne veux en aucune ſorte,

Et ne voudrois pas même à ce prix un tréſor.

Cela dit, maître Loup s'enfuit, & court encor.

La Fontaine.

Le Loup & le Mâtin.

UN Loup fort maigre & décharné,
Car il avoit long-temps jeûné,
S'en vint près d'une métairie,
Où, dans une grande écurie
  Reposoit un Mâtin
  Après un bon festin,
L'appercevant au travers d'une grille
  Ami, lui dit l'hôte des bois,
  Tu me parois là bien tranquille ;
Dès aujourd'hui s'il étoit à mon choix
  D'avoir un pareil domicile,
J'aimerois bien vivre aussi sous les toîts,
  Comme j'y vecus autrefois.
  C'est une chose très-facile,
  Répond le Dogue en s'éveillant,
  Entre au service de mon maître.
  Pourvu que tu sois vigilant,
Rien ne te manquera dans ce séjour champêtre ;
  De ces moutons qu'on y fait paître,
Comme moi, chaque jour, tu croqueras les os,
Après un bon dîner tu prendras ton repos.
  Quel bon destin ici m'envoie !
  Que je me plais à t'écouter !
Interrompit le Loup dans un transport de joie ;

Afin de mieux me raconter
Les douceurs que je vais goûter,
De grace, mon cher camarade,
Faifons un tour de promenade;
A cette heure, repart le Chien un peu honteux,
Je ne faurois fortir à caufe de ma chaîne;
Ta chaîne, repliqua l'animal orgueilleux,
Quoi! dans cette maifon tu te crois fort heureux,
Tandis qu'on te tient à la gêne!
Fuffes-tu cent fois mieux traité,
Vas, vas, ton fort ne me fait point envie,
Les meilleurs mets, la plus tranquille vie,
Ne valent pas la liberté;
Que les Mâtins chériffent leurs entraves,
Jamais les Loups ne feront des efclaves.
A ces mots il s'enfuit d'un pas précipité,
Pour recommencer fes ravages.

En fecouant le joug de toute autorité,
Peuples, vous vous croyez fort fages;
Mais fans loi, fans humanité,
Vous n'êtes plus que des Sauvages;
Le Chien, foumis, officieux,
Goûte la paix & l'abondance;
Le Loup, hautain, malicieux,
Vit dans le trouble & l'indigence.

FABLE DIX-NEUVIÈME.

Les Grenouilles qui demandent un Roi.

LEs Grenouilles ſe laſſant
De l'état Démocratique,
Par leurs clameurs firent tant
Que Jupin les ſoumit au pouvoir Monarchique.
Il leur tomba du Ciel un Roi tout pacifique :
Ce Roi fit toutefois un tel bruit en tombant,
Que la gent marécageuſe,
Gent fort ſotte & fort peureuſe,
S'alla cacher ſous les eaux,
Dans les joncs & dans les roſeaux,
Dans les trous du marécage,
Sans oſer de long-temps regarder au viſage
Celui qu'elles croyoient être un géant nouveau.
Or c'étoit un Soliveau,
De qui la gravité fit peur à la premiere,
Qui de le voir s'avanturant,
Oſa bien quitter ſa taniere.
Elle approche, mais en tremblant.
Une autre la ſuivit, une autre en fit autant,

Il en vint une fourmiliere,
Et leur troupe à la fin se rendit familiere,
    Jusqu'à sauter sur l'épaule du Roi.
Le bon Sire le souffre, & se tient toujours coi ;
Jupin en a bientôt la cervelle rompue.
Donnez-nous, dit ce Peuple, un Roi qui se remue.
Le Monarque des Dieux leur envoie une Grue,
      Qui les croque, qui les tue,
      Qui les gobe en son plaisir.
    Et Grenouilles de se plaindre,
Et Jupin de leur dire : Et quoi ! votre desir
    A ses Loix croit-il nous astreindre ?
      Vous avez dû premièrement
      Garder votre Gouvernement ;
Mais ne l'ayant pas fait, il vous devoit suffire
Que votre premier Roi fût débonnaire & doux ;
      De celui-ci contentez-vous,
      De peur d'en rencontrer un pire.

                    La Fontaine.

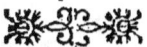

Les Grenouilles & leurs Rois.

AU temps jadis la République
Des Grenouilles, gent aquatique,

Par inconftance ou vanité,

Se mit en tête

De préfenter une requête

Au Seigneur Jupiter, priant fa Majefté

De leur donner un Roi. Jupin fit un fourire,

Et pour leur procurer un pacifique Empire,

Par lui, dans le marais, un poteau fut jetté,

Un poteau dont l'éclaboufſure

Les fit trembler & fe cacher

Au fond de leur retraite obſcure;

Aucune fort long-temps n'oſa même approcher;

Mais gardant un profond filence,

Oſant à peine reſpirer,

Elles attendoient là, non ſans impatience,

Ce que le nouveau Roi leur voudroit déclarer.

Enfin une des plus gaillardes,

Et, dit-on, des plus babillardes,

Leur dit : mes cheres ſœurs, point de timidité,

Jupin, fi rempli d'équité,

Nous a donné ſans doute un Souverain aimable;

Faifons-lui notre cour avec civilité,

C'eft moi qui vous répond d'un accueil favorable;

A l'inſtant même elle nage à fleur d'eau,

Les autres ſuivent ſon exemple,

Font un cercle autour du poteau,
Et là chacune à l'envi le contemple.
Ce fut bientôt de le railler,
Puis de lui faire la grimace,
Puis s'animant en leur audace,
L'une commence à criailler,
L'autre le pousse, une troisième
Ose sur lui monter & sautiller ;
Toute la bande fait de même ;
Enfin lasses de le berner,
Jupin, dit la Troupe insolente,
Reprenez au plutôt cette bûche indolente,
Et donnez-nous un Roi qui sache gouverner.
Le poteau disparoit, & bien-tôt à sa place,
Vient regner une Grue affamée & vorace,
Qui débute par déjeûner,
En croque cinq ou six, & combien à dîner !
Ah quel glouton insatiable !
Ah quel tyran impitoyable !
S'écria-t-on d'une commune voix :
Jupin, soyez-nous secourable,
Exterminez le plus méchant des Rois;
Le premier étoit doux, dit Jupin en colere,
Et l'on n'a fait que l'insulter,

Le second à présent vous paroit trop sévere,
A qui croyez-vous en conter ?
Vous avez desiré le pouvoir Monarchique :
Eh bien, il faut patienter,
Et s'il vous plait point de réplique,

∞∞⸾∞∞

Êtes-vous assez bien ? sachez-vous y tenir,
C'est tout où j'en voulois venir.

FABLE VINGTIÈME.

Le Rat de Ville & le Rat des Champs.

AUTREFOIS le Rat de Ville
Invita le Rat des Champs,
D'une façon fort civile,
A des reliefs d'ortolans.

Sur un tapis de Turquie
Le couvert se trouva mis :
Je laisse à penser la vie
Que firent ces deux amis.

Le régal fut fort honnête :
Rien ne manquoit au festin ;
Mais quelqu'un troubla la fête
Pendant qu'ils étoient en train.

A la porte de la sale
Ils entendirent du bruit.
Le Rat de Ville détale,
Son camarade le suit.

Le bruit ceffe, on fe retire,
Rats en Campagne auffi-tôt,
Et le Citadin de dire,
Achevons tout notre rôt.

C'eft affez, dit le Ruftique;
Demain vous viendrez chez moi;
Ce n'eft pas que je me pique
De tous vos feftins de Roi.

Mais rien ne vient m'interrompre,
Je mange tout à loifir :
Adieu donc, fi du plaifir
Que la crainte peut corrompre.

La Fontaine.

Le Rat de Ville & celui des Champs.

Autrefois le Rat de Ville
Écrivit au Rat des Champs
Une lettre fort civile;
Mais en ftyle du vieux temps.
C'étoit pour l'inviter, au rapport de la Fable,
A venir partager les plaifirs de fa table:
Le Campagnard au reçu du billet,
Laiffe auffi-tôt fon lard & fon millet,

Et fe rend à l'hôtel où fon riche confrere,
Lui préparoit, dit-on, une fplendide chere;
　　　Outre quantité de bombons
　　　Servis avec magnificence,
　　Figurez-vous le meilleur des jambons
　　Qui fut jamais apporté de Mayence,
Deux fromages exquis de Parme ou de Plaifance,
　Un gros pâté de Beauce & quatre fauciffons,
Qu'on avoit récemment fait venir de Bologne.
Comme nos deux amis, fans faire de façons,
Se difpofoient gaiement à fe mettre en befogne,
　　　Entrent des Valets turbulens,
Puis des Chiens & des Chats aboyans, miaulans,
　　　Font un concert diabolique.
　　　En entendant cette mufique
　　Le Rat de Ville eft déjà dans fon trou,
　　　Saifi d'une terreur panique,
　　Celui des Champs s'enfuit je ne fais où;
A ce tumulte enfin fuccéde le filence,
　　　Et quand chacun fut retiré,
　　　Le Citadin bien raffuré,
　　　Qui ne fongeoit qu'à la bombance,
　　　Aux mets raccourut à grands pas,
　　　Et d'une voix affez altiere,

Ami, dit-il, à son confrere,
Que ces gens ne t'occupent pas;
Ce n'eſt là qu'un bruit ordinaire,
Continuons notre repas,
Je ne vois rien de mieux à faire;
Non, non, & ſans perdre de temps,
Dès ce ſoir je retourne aux Champs,
Lui répond le ruſtique; ô ſéjour plein de charmes,
Faut-il, hélas! t'avoir quitté,
Pour venir eſſuyer de terribles allarmes
Dans cette bruyante Cité.
Mon cher, ajoûta-t-il, viens me voir au Village,
Je ne fais point de compliment,
Si je ne puis t'offrir qu'un morceau de fromage,
Ou quelque groſſier aliment,
Au moins dans mon petit ménage,
Nous mangerons paiſiblement.
A ces mots il partit, & je ferois ſerment
Qu'il ne revint davantage.

∞⚬∞

Malheur aux gens qui ſe laiſſent tenter
Par les plaiſirs que Paris nous annonce,
Puiſqu'en repos on ne peut les goûter,
Le fou s'y livre & le ſage y renonce.

FABLE VINGT-UNIÈME.

La Mort & le Bucheron.

UN pauvre Bucheron tout couvert de ramée,
Sous le faix d'un fagot auffi-bien que des ans,
Gémiffant & courbé, marchoit à pas pefans,
Et tâchoit de gagner fa chaumine enfumée.
Enfin, n'en pouvant plus d'effort & de douleur,
Il met bas fon fagot, il fonge à fon malheur.
Quel plaifir a-t-il eu depuis qu'il eft au monde?
En eft-il un plus pauvre en la machine ronde?
Point de pain quelquefois, & jamais de repos.
Sa femme, fes enfans, les foldats, les impôts,
  Le créancier, & la corvée,
Lui font d'un malheureux la peinture achevée;
Il appelle la Mort, elle vient fans tarder,
  Lui demande ce qu'il faut faire;
  C'eft, dit-il, afin de m'aider
A recharger ce bois, tu ne tarderas guère.

  Le trépas vient tout guérir,
  Mais ne bougeons d'où nous fommes,

Plutôt fouffrir que mourir,
C'eft la devife des hommes.

La Fontaine.

La Mort & le Vieillard.

A l'heure où le foleil nous cache fa lumiere,
Un Vieillard à pas lents regagnoit fa chaumiere;
  Quoiqu'opprimé du poids des ans,
Il portoit fur le dos un faix des plus pefans;
En un fi trifte état il fe couche par terre,
    Se plaint long-temps de fa mifere,
    D'une infinité de malheurs
    Et des plus cuifantes douleurs.
    Il faut, dit-il, que je travaille,
    Chaque jour du matin au foir,
    Pour payer mon loyer, ma taille;
    Hélas! je couche fur la paille
    Et ne mange que du pain noir,
    Encor n'ai-je jamais la maille;
    Enfin réduit au défefpoir,
O Mort! s'écria-t-il, que tu me parois lente
A venir terminer mon martyre & mes jours.
    La Mort auffi-tôt fe préfente;
                        E

Je viens, dit-elle, à ton secours,
Vieillard, que faut-il que je fasse?
Veux-tu que j'aiguise ma faux?
Non, non, répondit-il, j'ai trop peur de ta face,
Retire-toi bien loin, je souffrirai mes maux.

Cela tient un peu du prodige :
On se plaint toujours de son sort,
Et quelque mal qui nous afflige,
On ne craint rien tant que la Mort.

PRÉFACE.

JE ne dirai ici qu'un mot en faveur de la Mythologie, dont il me semble que l'étude est un peu trop négligée. Toutes personnes sans préjugés ou scrupules, conviendront que cette science, si l'on en retranche les obscénités dont elle est souillée dans les Auteurs Payens, est une fiction aussi ingénieuse qu'innocente. Les Savans sont aussi bien persuadés que sans cette connoissance on ne peut entendre qu'imparfaitement nos meilleurs Poëtes, qu'elle facilite l'intelligence des ouvrages de Sculpture, Peinture, &c. & qu'enfin elle sert d'introduction à l'étude de l'Histoire ancienne.

La Mythologie est donc indispensable aux jeunes Gens que l'on destine à entrer dans la carriere des Sciences; & quoique le détail des prétendus exploits d'un Jupiter, d'un Mercure & autres, tel qu'on le trouve dans le Pantheon, ne puisse leur

E ij

apprendre que des chofes frivoles & indécentes, ils ne doivent néanmoins pas ignorer les noms des Dieux & Déeffes que l'on fuppofoit regner au Ciel, fur Terre, dans la Mer & les Enfers, non plus que ceux des Nymphes, des Mufes, des demi-Dieux ou Héros de l'Antiquité. C'eft ce qui m'a engagé à imiter, en vers François, * les meilleurs morceaux des Métamorphofes d'Ovide, dont je ne donne ici qu'une efquiffe. Les limites que me fuis prefcrites dans cette brochure ne me permettent pas d'y en inférer un plus grand nombre.

* Cet Ouvrage fera imprimé dans le cours de l'Été prochain.

PYRAME ET TYSBÉ,

POÈME FABULEUX.

L'Amour le moins honnête, exprimé chaftement,
N'excite point en nous de honteux mouvement.
Boileau, Art Poët.

Pyrame auffi vif que galant,
Et Tyfbé, l'aftre du Levant,
J'entends la plus belle, peut-être,
Que l'Orient vit jamais naître,
Vivoient porte à porte en amis,
Dans la Ville où Sémiramis
Éleva des murs magnifiques,
Une des merveilles antiques.
Voifins, & badinant à chaque heure du jour,
Ce commerce innocent fit naître entr'eux l'amour,
Qu'ils fouhaitoient, dit-on, fceller du mariage,
Dès qu'ils feroient formés & parvenus à l'âge

De s'engager l'un l'autre en des liens fi doux :
Enfin, ils n'afpiroient qu'à devenir époux.
Ils s'abufoient ; hélas ! leur famille obftinée
S'oppofa vivement à ce tendre hymenée :
Mais l'Amour a fes droits , en dépit des parens ;
Plus les feux font couverts & plus ils font ardens.
Privé pendant le jour d'entretenir fa Belle ,
Pyrame, tout le foir, converfoit avec elle.
Librement confinés en un réduit obfcur ,
Ces Amans fe parloient au travers d'un vieux mur ;
Là, de leurs durs parens éludant les défenfes,
Ils tenoient en fecret de longues conférences ;
Et fe communiquant leurs chagrins tour à tour,
Se juroient l'un à l'autre un éternel amour :
Là, Pyrame eut cent fois embraffé fon Amante ;
Mais le mur s'oppofoit à fon humeur galante.

Après avoir long-temps déploré leur deftin ,
Pour devenir heureux , ils conviennent enfin
De quitter hardiment le lieu de leur naiffance
Dans ce temps où par tout regne un profond filence.
Mais pour éviter le hazard
D'errer la nuit de toute part ,
Ils demeurent d'accord de fe joindre au Village

Où repofoit Ninus, & fe mettre à l'ombrage
D'un arbre qui couvroit le fuperbe tombeau.
C'étoit un grand murier, & dont le fruit nouveau
Étoit blanc comme neige; une claire fontaine
Près de là, doucement ferpentoit dans la plaine.

Ce rendez-vous ainfi bien concerté,
Après avoir l'un l'autre fouhaité
L'heureux moment avec impatience,
La nuit enfin ramenant le filence,
La fidelle Tyfbé, qu'encourageoit l'Amour,
Trompe fes Surveillans, & la Garde à fon tour,
Puis marchant à grands pas, ayant felon l'ufage
Un voile blanc fur le vifage,
Elle parvient au Monument,
Et s'affied près de l'arbre, attendant fon Amant.

Une Lionne rugiffante,
La gueule encor teinte & fumante
Du fang d'un jeune bœuf qu'elle avoit déchiré,
Pour étancher fa foif approche par degré;
Il faifoit clair de lune; ainfi, de loin, la Belle
Découvrit auffi-tôt cette bête cruelle.
Tremblante à cet afpect, par un autre chemin

Elle court fe cacher dans un antre voifin ;
   Mais en cette frayeur foudaine ,
Elle laiffa tomber fon voile dans la plaine.

La Lionne ayant bu , fans doute à fort longs traits ,
Et voulant par le pré regagner les forêts ,
   Trouve l'ornement , le déchire ,
   Rugit encore & fe retire.
Pyrame , qui pour lors venoit au rendez-vous ,
Dans l'efpoir de goûter le plaifir le plus doux ,
Obferve , avec horreur , en différentes places ,
Du cruel animal les redoutables traces ;
Par un preffentiment de quelque grand malheur ,
Il penfe à fa Maîtreffe & change de couleur ;
Il avance pourtant , plein d'amour & de zèle ,
Réfolu de combattre , ou de périr pour elle :
   Mais dès qu'il vit fon voile enfanglanté ,
   Et les lambeaux épars de tout coté ,
Tyfbé n'eft plus , dit-il , c'eft moi qui fuis coupable ,
C'eft moi qui l'attirai dans ce lieu déteftable :
   Hélas ! c'eft moi qui fuis fon meurtrier ,
   Pour n'être pas accouru le premier.
O nuit épouvantable ! ô nuit la plus funefte !
De deux infortunés ravis celui qui refte ;

Tyſbé qui dut couler les jours les plus heureux,
Tyſbé vient d'eſſuyer le ſort le plus affreux;
Tyſbé qui pour toujours devoit être adorée,
Tyſbé vient de périr, vient d'être dévorée.
Sortez de vos forêts, ô monſtres furieux !
Accourez déchirer un Amant malheureux.
Lions accoutumés au plus cruel carnage,
Venez tous ſur mon corps aſſouvir votre rage :
Mais invoquer la mort c'eſt manquer de courage.....
Il ramaſſe le voile, & ſuivant le ſentier,
Précipite ſes pas juſqu'au pied du murier :
Là, dans un grand ſilence & la tête baiſſée,
Il s'abſorbe un moment dans ſa triſte penſée,
Puis jettant ſur le voile un regard furieux,
Teint du ſang de Tyſbé, d'un ſang ſi précieux ;
Sois-le du mien, dit-il, que je meure avec elle.
En achevant ces mots, l'Amant tendre & fidelle,
      Du deſtin bravant la rigueur,
      Se plonge un glaive dans le cœur,
Le retire auſſi-tôt de la vive bleſſure,
Et tombe, à demi-mort, ſur la molle verdure.

Comme en ſon cours rapide il arrive que l'eau
Perce & s'élance en l'air, à travers d'un tuyau,

Ainfi le fang jaillit par l'ouverture,

Avec effort, & faifant un murmure,

Le feuillage & le fruit aux branches attachés,

En font, au même inftant, arrofés & tâchés,

L'écorce en eft rougie, & bientôt pénétrée,

Elle tranfmet au bois une couleur pourprée.

Tandis qu'en cet état le malheureux Amant,

Giffoit fur le gazon, fans aucun mouvement,

Tyfbé qui n'étoit pas encor bien revenue

De la frayeur qu'elle avoit eue,

Pour ne pas fauffer fon ferment,

Retournoit au murier avec empreffement.

A chaque pas, fes yeux, toute fon ame,

N'ont pour objet que l'aimable Pyrame ;

Prête à lui raconter fes dangers, fes effrois,

S'attendrir au récit de fes braves exploits;

Elle voit le tombeau de marbre,

Elle reconnoit auffi l'arbre ;

Mais les mures n'ont plus leur premiere couleur,

Elle s'en apperçoit & penfe être en erreur.

Elle avance deux pas, revient, regarde, écoute,

Toujours tremblante & dans le doute ;

Enfin, appercevant un cadavre étendu,

Et tout autour de lui bien du fang répandu,
Elle frémit, pâlit, recule d'épouvante;
(Figurez-vous les flots d'une mer en tourmente)
    Mais quand elle eut regardé fixement,
    Et reconnu que c'étoit fon Amant,
      Cédant aux tranfports de la rage,
      Elle meurtrit fon beau vifage,
    Frappe fon fein, s'arrache les cheveux,
      Se plaint des hommes & des Dieux.
    Puis la pitié s'emparant de fon ame,
    Elle fe couche à côté de Pyrame;
    Et le voyant mortellement bleffé,
    Elle le tient tendrement embraffé,
Le baigne de fes pleurs, qui, de leur fource pure,
Vont fe mêler au fang & laver la bleffure;
    Mais infenfible à fes embraffemens
    Pyrame touche à fes derniers momens,
      Et comme il alloit rendre l'ame,
Pyrame, lui dit-elle, hélas! mon cher Pyrame,
      Pyrame, objet de mes amours,
Quel funefte accident t'a ravi pour toujours?
Pyrame, entends ma voix, c'eft Tyfbé qui t'appelle,
C'eft ta Tyfbé qu'accable une douleur mortelle.
Le feul nom de Tyfbé lui caufe un prompt réveil

De son léthargique sommeil;
Il entr'ouvre les yeux, il la voit, il soupire,
Et sans répondre un mot, dans ses bras il expire.

Tysbé voyant alors de son voile un lambeau,
Et de son cher Amant l'épée hors du foureau;
Hélas! dit-elle, hélas! ô destinée affreuse!
C'est ton amour pour moi, c'est ta main généreuse
Qui t'a donné la mort; ma main & mon amour
Me suffisent aussi pour me perdre à mon tour.
Tysbé t'a fait périr, Tysbé ne peut plus vivre;
Dans le séjour des morts je brûle de te suivre:
La mort seule pouvoit te séparer de moi,
La mort va pour toujours me réunir à toi.
D'un couple malheureux, ô plus malheureux peres!
Daignez entendre au moins leurs dernieres prieres:
Par l'amour & la mort étroitement unis,
Que dans la même tombe ils soient ensévelis.
Et toi, dont les rameaux, dont le lugubre ombrage,
Va couvrir deux Amans sous ton triste feuillage,
Retrace, arbre fatal, par tes noires couleurs,
A la Postérité le plus grand des malheurs;
Que ton fruit, monument d'un double sacrifice,
Toujours en murissant, & rougisse & noircisse.

Tysbé se perce alors du glaive meurtrier,
Et tombe sur Pyrame, à l'ombre du murier.

Mais les Dieux, ainsi que leurs Peres,
 Furent touchés de leurs prieres ;
Car le fruit du murier, qui jadis étoit blanc,
Contient, quand il est mur, un jus couleur de sang,
Et du bûcher éteint leurs cendres retirées,
Furent dans la même urne, en ces temps révérées ;
Enfin, sur leur tombeau, près d'un Temple élevé,
En caractères noirs, ce quatrain fut gravé :

ÉPITAPHE.

» Cy-gît Tysbé, cy-gît Pirame,
» Qui brûlerent d'égale flamme :
» Amans, instruits de leurs malheurs,
» Pourriez-vous retenir vos pleurs?

PIÉCES FUGITIVES.

SÉJOUR ET PORTRAIT DE L'ENVIE.

Domus eſt imis, &c. Ov. Met. l. 2. v. 761.

C'EST un antre humeſté du plus épais venin,
Que diſtille en ſecret ce Monſtre féminin ;
  Jamais un rayon de lumiere
N'éclaira dans ce lieu cette vieille Sorciere.
Les frimats, les brouillards, la neige & les glaçons
Y font un rude hyver en toutes les ſaiſons ;
  Jamais l'agréable Zéphire
N'y vint adoucir l'air que l'Envie y reſpire.
Là, Pomone & Cerès, avares de leurs dons,
Laiſſent tout le terrein hériſſé de chardons,
Pas un petit ruiſſeau, point de fleurs ni verdure,
Pas le moindre préſent de la belle Nature.
  Dès que la fille de Jupin,
  A la taille, à l'air maſculin,
 Ayant paſſé par une étroite allée,
 Eſt arrivée à la ſombre vallée,
 Elle s'arrête à deux pas du Palais

Qui lui parut fans doute un des plus laids ;

   Puis frappant à grands coups de lance,

   La porte s'ouvre, elle s'avance,

   Regarde dans l'appartement,

   Et voit avec étonnement,

Voit, dis-je, avec horreur, la vieille folitaire

Qui ronge avidement un tronçon de vipere

   Dont elle repaît fa fureur :

   Pallas fent foulever fon cœur

Et détourne les yeux ; la dégoutante Hôteffe

Se lève lentement, & vient à la Déeffe,

   Laiffant au pied d'un fale mur

   Les reftes de fon mets impur ;

En voyant de Minerve & la taille & les armes,

Elle fait un foupir, laiffe couler des larmes.

   Dépeignons à préfent fes charmes :

   Son vifage eft tout fafrané,

   D'autres difent tout bafané,

   Son corps, fi maigre & décharné,

   Qu'on la prendroit pour un fquelette ;

   Elle a la taille contrefaite,

   Le nez fort court & retrouffé,

   Le menton pointu, rehauffé,

Les dents pleines de rouille, un regard très-farouche,

Elle ne peut parler fans tordre auffi la bouche.
Ce petit Monftre enfin a pour comble d'horreur,
Le poifon fur la langue & le fiel dans le cœur.
  Les maux d'autrui la font pâmer de rire,
  Et leurs fuccès font pour elle un martyre;
A peine de Morphée elle fent les pavots,
Qu'un fouci dévorant vient troubler fon repos.
    Quoique Minerve la détefte
    Autant qu'on abhorre la pefte
    Et les plus terribles fléaux,
De ton plus noir venin vas remplir Aglauros,
Lui dit-elle; & frappant la terre de fa lance,
Vers la voûte azurée au même inftant s'élance;
L'Envie, en murmurant d'un fi heureux départ,
Jette fur la Déeffe un furieux regard:
    Mais fi ce bonheur la défole,
    Sa commiffion l'en confole.
  Ayant donc pris fon bâton tortueux,
  Tout hériffé de piquans venimeux,
Elle s'élève en l'air, couverte d'un nuage,
Et caufe en fon chemin le plus trifte dommage,
Dans les champs & vergers, dans les jardins fleuris,
Les fruits & les pavots font à l'inftant flétris,
Les humains infectés de fa puante haleine,

Paroiſſoient tous atteins d'une peſte ſoudaine ;
Mais d'Athènes enfin parvenue aux remparts ,
Ayant ſur la Cité lancé d'affreux regards ,
Elle penſa , dit-on, tomber en défaillance
D'y voir regner la Paix , les Arts & l'Opulence ,
Et ne pouvant ſouffrir qu'on goûtât ces douceurs,
Ce ſpectacle riant lui fit verſer des pleurs.

AGLAURE EST CHANGÉE EN STATUE.

Sed poſt quam Thalamos, &c. v. 797.

LA Princeſſe étoit aſſoupie ,
    Quand cette cruelle harpie
    Entra dans ſon appartement ;
    Et ſans héſiter un moment,
Volant droit à ſon lit, de fureur animée,
Elle lui porté au ſein ſa main envenimée,
Et lui remplit le cœur , le foie & le poumon
De ſes piquans crochus, de ſon mortel poiſon,
    Qui de ſes os corrompt toute la moëlle,
    Et par degrés lui monte à la cervelle :
Enfin pour tout objet elle n'offre à ſes yeux
Qu'une Sœur dont l'hymen va combler tous les
    vœux,   F

Lui peignant le jeune Mercure
Sous la plus charmante figure,
Enjoué, lefte, fait au tour,
Bref un vrai miroir de l'Amour.
Aglaure, à ce portrait, fe fâche, fe chagrine
Une douleur fecrette & la ronge & la mine.
En cette oppreffion d'efprit,
Tout l'importune, tout l'aigrit.
Les nôces de fa Sœur, les charmes de fa vie,
Fomentent dans fon fein le poifon de l'envie,
Qui la fait deffécher & ternit fes appas,
Comme l'herbe qui brûle & ne s'enflamme pas.
On voit ainfi la neige en quelqu'endroit fondue,
Quand le foleil paroît à travers de la nue;
Pour n'être pas témoin d'un fi fortuné fort,
La nuit comme le jour elle appelloit la mort;
Souvent, pour exciter le courroux de fon pere,
Elle étoit décidée à lui conter l'affaire.
Dans ce déplaifir accablant,
Voyant approcher le Galant,
Contre la porte elle fe tint ferrée,
Déterminée à lui boucher l'entrée,
Et même ofa le repouffer,
Comme il s'empreffoit à paffer.

Étonné de cette rudeſſe ,
Le Dieu rempli de gentilleſſe ,
Lui dit alors avec douceur ;
Souffrez qu'à votre aimable Sœur ,
Belle Aglauros , je faſſe ma viſite.
Plus il la flatte & plus cela l'irrite.
Je reſterai , dit-elle , attachée à ce lieu ,
Tant que vous y ſerez ; ſoit , repartit le Dieu ;
Votre ſentence eſt prononcée.
La porte eſt bientôt enfoncée
D'un ſeul coup de ſon caducée.
L'envieuſe Aglauros , en ce fatal moment ,
Se débat encor plus , pour retenir l'Amant :
Elle veut ſe lever ; mais toutes les parties
Qu'on plie en s'aſſeyant ſont trop appéſanties :
Dejà ſes genoux & ſes pieds
Sont endurcis , pétrifiés ,
Ses veines de ſang toutes vuides
Deviennent pâles & livides ;
Enfin malgré tous ſes efforts ,
Un engourdiſſement lui ſaiſit tout le corps ,
Pénêtre dans ſon cœur , atteint chaque viſcere ,
Ainſi qu'un incurable ulcere ,
Et qui rébelle à l'art de tous les Médecins ,

F ij

Passe d'un membre impur aux membres les plus sains.
Bientôt ses bras, son cou, sa tête & son visage,
De toute faculté perdent aussi l'usage ;
　　　En vain elle voudroit parler,
　　　Pour se plaindre ou pour quereller,
　　　Sa voix ne trouve aucun passage :
Elle n'est plus enfin qu'une effroyable image,
Une vile statue, & de triste couleur ;
Car le sale poison émané de son cœur,
L'a de la tête aux pieds couverte de noirceur.

ENLÉVEMENT D'EUROPE.

Has ubi verborum, &c. v. 833.

APRÉS l'avoir sévérement punie
De son audace & de sa jalousie,
Content de ses succès, le petit fils d'Atlas,
Sort au plutôt des murs consacrés à Pallas,
　　　Remonte au Ciel, & là Jupin son pere,
　　　De ses amours lui faisant un mystère,
Mercure, lui dit-il, fidelle messager
Des ordres importans dont je vais te charger,
Hâte-toi, mon cher fils, vole en cette contrée,

Près de la région, par ta mere éclairée,
Elle eft du côté droit, on l'appelle Sydon.
Que le troupeau royal qui paît dans ce canton,
Defcende, par tes foins, tout auprès du rivage.
Auffi prompt qu'un éclair, le Dieu fait fon meffage.

   Dejà d'Agénor le troupeau,
   Par lui ramené du côteau,
Bondit, près de la mer, au milieu des campagnes
Où venoient folâtrer Europe & fes Compagnes.
Amour & gravité ne fympatifent point.
Tous Galans, on le fait, font d'accord fur ce point.

  Dépofant donc fon fceptre redoutable,
  Ce Roi des Dieux, fi grand, fi vénérable,
   Et qui tenant la foudre en main,
   Fait trembler tout le genre-humain ;
Ce Dieu, qui d'un regard, qui, d'un figne de tête,
Ébranle l'univers, du fond jufques au faîte,
   Sous la figure d'un Taureau,
   Eft confondu dans le troupeau,
   Erre & mugit dans la prairie.
   En foulant l'herbette fleurie ;
   Mais c'eft un Taureau peu commun,
   Et tel qu'il n'en fut jamais un.
   Sa blancheur eft éblouiffante,

Sa taille n'eſt pas moins charmante.
Son col eſt droit, ſon poil propre & licé,
Et ſon fanon avec grace eſt placé;
     Enfin ſes cornes curieuſes
Effacent en éclat les pierres précieuſes;
Même l'on jureroit qu'un artiſte élégant
Auroit à les polir épuiſé ſon talent.
     Son front n'a rien de menaçant,
Ses yeux même ſont doux & ſa mine eſt riante.
La fille d'Agénor que l'animal enchante,
     Surpriſe de la nouveauté,
Admire ſa douceur, ainſi que ſa beauté:
     Pourtant d'abord la timide Princeſſe
     N'oſe approcher de peur qu'il ne la bleſſe;
     Mais ayant à la fin ſurmonté ſes frayeurs,
     Elle lui porte au nez des herbes & des fleurs.
          Charmé de cette complaiſance,
          Le Taureau flatté d'eſpérance,
          Léger comme un petit mouton,
          Tantôt bondit ſur le gazon,
          Tantôt ſe roule ſur le ſable.
          Pour ſe rendre encor plus traitable,
Il vient à la Princeſſe, & ſemble l'inviter
          A le careſſer, le flatter,

A garnir de bouquets fes deux brillantes cornes.
Enfin à fes plaifirs ne mettant point de bornes,
　　　Sans fe méfier du paneau,
Europe ofe fauter fur le dos du Taureau,
　　　Qui dans les tranfports de fa joie,
S'élance dans la mer, & nage avec fa proie.
En voyant le rivage échapper à fes yeux,
Les flots tout autour d'elle agités, furieux,
Elle pâlit d'abord, puis bientôt raffurée,
Elle tient, de la droite, une corne ferrée,
De la gauche, appuyée au dos de fon Amant,
Elle traverfe ainfi le liquide élément,
Sa robe & fes jupons flottant au gré du vent.

✳✳✳✳✳✳✳✳✳✳✳✳✳✳✳✳✳✳✳✳✳✳✳✳✳✳✳✳

A MONSIEUR MEILAN,

*Professeur de Mathématiques, d'Histoire & d'Élo-
quence, Auteur de plusieurs Ouvrages Drama-
tiques, & d'une excellente imitation du Télémaque
en vers Anglois.*

QUEL Mortel mieux que toi profita des leçons
Que tu reçus, MEILAN, des Filles de Mémoire ?
De la vive Erato tu goûtas les chansons ;
Clyo te révéla chaque trait de l'Histoire.
Melpomène en secret t'inspira tous ses feux.
De Terpsichore seule évitant la manie,
  Avec la savante Uranie,
Tu mesuras long-temps & la Terre & les Cieux.
  De l'éloquente Polymnie
Nous admirons en toi les graces & le ton,
  Le sel, l'enjouement de Thalie ;
Et Callyope enfin, dans le sacré valon,
  Pour faire briller ton génie,
Te mit tout à côté du sage Fénélon.

CONTES.

Le Savetier & le Tailleur.

UN Cordonnier comptoit trois ou quatre guinées
Qu'en sa sombre boutique il avoit bien gagnées,
C'étoit, à ce qu'on dit, dans un grand Cabaret,
Où pour Maître Crispin le dîner étoit prêt.
Un Tailleur qui n'avoit que très-peu dans sa bourse,
Croyant trouver alors une bonne ressource,
Lui propose un piquet : non, répond le Plaisant,
Vous êtes mon ami trop heureux à la coupe,
      J'aime bien mieux manger ma soupe,
      Que de vous donner mon argent.

Le Gascon invité à un dîner.

CErtain Gascon prié d'être d'un bón repas,
      Au temps marqué ne put se rendre,
      Et s'étant fait beaucoup attendre,
Plus d'une heure trop tard, accourut à grands pas :
      La chose parut fort comique :
      (On venoit d'ôter le couvert)
      Fort bien, dit l'Hôte un peu caustique

A fon convié famélique,
Vous êtes arrivé juftement au deffert,
Les reftes du dîner font tous dans la cuifine ;
J'y defcends à l'inftant, repartit le Gafcon ;
Ami ; vous me voyez un homme fans façon,
Pourvu que j'aie affez, il n'importe où je dîne.

ÉPIGRAMES.

Le Jugement impartial.

ROYAU fait imprimer des Vers. *
P....l contre Royau compofe une Satyre.
Tous deux penfent fournir mille agrémens divers,
Et fe flattent qu'on les admire.
Pourtant, fi je m'y connois bien,
Qu'il me foit permis de leur dire :
Royau, tes Vers ne valent rien ;
Les tiens P....l font encor pire.

GUEPIN.

* Ils étoient intitulés *Bouquet à la Reine de la Grande-Bretagne, fur l'anniverfaire de fa naiffance*, & ne contenoient qu'un compliment fade & des expreffions fort indécentes.

Le Sr. P....l, qui de mon temps paffoit pour l'Oracle des François à Londres, fit à ce fujet la plus mauvaife Satyre que j'aie encore lue ; j'eus même une forte de difpute avec lui pour avoir trouvé quelques fautes dans une compofition qui en fourmilloit.

La Réconciliation.

COMME P....l venoit de lire
Ces Vers griffonnés par Guepin,
Il rencontra dans son chemin
Royau qui se pâmoit de rire ;
Ami, dit-il, vite la main :
Sans jamais nous mêler d'écrire,
Chez Platinier * brûlons demain,
Toi ton Bouquet, moi ma Satyre.

Sur la Fable des deux Rats & celle du Singe & son Portrait.

ANS ce siécle, les Animaux
Nous sont parfaitement égaux :
Je n'y vois pas de différence,
En esprit, talent & science.
La Fontaine les fit parler,
Plaider, raisonner, conseiller ;
Mais plus savant § en l'art de feindre,
N.... les fait écrire & peindre.

* Tavernier de Londres chez qui ils se réconcilierent.
§ Comparaison ironique.

ÉPITAPHES.

De Phaëton.

Hic situs est Phaëton currus auriga paterni,
Quem si non tenuit, magnis tamen excidit ausis.

Ovide.

IMITATION.

Cy-gît un Cocher sans pareil,
Qui monta le Char du Soleil,
Et finit sa noble carriere
En culbutant du Ciel sur Terre.

D'un Parasite.

Cy-gît un fameux Parasite
Qui me fit souvent sa visite ;
Le voilà pour toujours enfin
Guéri de la soif & la faim.

Sur un Enfant mort le jour de sa naissance.

ALLÉGORIE.

DEs levres il toucha la coupe de la vie ;
Mais la trouvant sans doute amere sur les bords,
De goûter la liqueur il n'eut aucune envie,
Et d'un air satisfait descendit chez les morts.

Justum & tenacem, &c. *Hor.*

IMITATION.

QUE je perde en un jour mes Parens, mes Amis,
　　Mon rang, ainsi que ma fortune ;
　　Que pour la défense commune
J'élève contre moi de puissans Ennemis,
　　Que l'on m'accuse & qu'on m'arrête,
　　Que pour un crime prétendu
On me condamne à perdre & l'honneur & la tête,
Croit-on que pour cela je puisse être abbatu ?
　　Ferme au milieu de la tempête,
　　Mon seul appui c'est la Vertu.

SONNET

DE DESBARREAUX.

GRAND Dieu, tes jugemens font remplis d'équité;
Toujours tu prends plaifir à nous être propice :
Mais j'ai tant fait de mal, que jamais ta bonté
Ne me pardonnera, fans bleffer ta juftice.

Oui, Seigneur, la grandeur de mon impiété
Ne laiffe à ton pouvoir que le choix du fupplice :
Ton intérêt s'oppofe à ma félicité,
Et ta clémence même attend que je périffe.

Contente ton defir, puifqu'il t'eft glorieux :
Offenfe-toi des pleurs qui coulent de mes yeux :
Tonne, frappe, il eft temps ; rends-moi guerre
       pour guerre.

J'adore en périffant la raifon qui t'aigrit :
Mais deffus quel endroit tombera ton tonnerre,
Qui ne foit tout couvert du fang de Jefus-Chrift ?

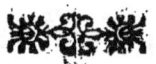

IMITATION.

Le Pécheur mourant.

FAUX SONNET.

ON fait pour me guérir mille efforts impuiſſans;
Hélas! de plus en plus ma force m'abandonne;
J'ai perdu, pour toujours, l'uſage de mes ſens,
La douleur me ſurmonte, & la Mort m'environne.

Voici l'inſtant, Seigneur, où tu vas me juger;
J'obéis, ſans murmure, à ta voix qui m'appelle,
De mes égaremens vas-tu donc te venger?
Vas-tu me condamner à la flamme éternelle?

Non, non, j'oſe eſpérer ma place dans les Cieux,
J'oſe eſpérer le fruit de ton ſang précieux;
Mais comment obtenir une faveur ſi grande?

Prêt à quitter ce Monde, un Pécheur tel que moi,
Ne ſauroit, ô mon Dieu! te faire aucune offrande
Que de ſon repentir, ſon amour & ſa foi.

Autre ſur le même ſujet.

QUEL lugubre appareil! un Miniſtre zélé,
Vient m'annoncer, grand Dieu, ta volonté céleſte;

Du facré Tribunal où je fuis appellé,
L'arrêt me fera-t-il favorable ou funefte.

Comment pourrai-je, hélas! paroître devant toi,
Sans redouter, Seigneur, ta juftice irritée;
Déjà la foudre éclate & va tomber fur moi,
Par les plus grands forfaits je l'ai trop méritée.

Céde à tous les tranfports de ton divin courroux,
Venge-toi, fans pitié, n'épargne pas tes coups;
Si tu veux mefurer le fupplice à l'offenfe.

Je fuis un malheureux, tranfgreffeur de tes loix;
Mais n'es-tu pas, Seigneur, un Dieu plein de clé-
       mence,
Et n'as-tu pas verfé tout ton fang fur la Croix?

F I N.

www.ingramcontent.com/pod-product-compliance
Lightning Source LLC
Chambersburg PA
CBHW071110260626
47162CB00006B/2276